あべ 童詩
(あべ　どうし)

プロフィール

昭和二十七年八月の暑い日だった
私の人生の歯車がやっと回りだした
記念すべき日でもある
おいしいものを食べた記憶も
腹いっぱい食べた記憶も
学校に行った記憶も
皆無でしかなかったけれど
はじめて友達ができた日
先生ができた日
私が養護施設に入所した日
私の人生の誕生日でもある
小学校四年生、十歳になった私にはまだ
大志を望むにはまだ幼すぎるもの
だったけれどいまだ好奇心の塊である
何にでも挑戦したい心がうずいている
明朗、克己、勤勉、感謝
この言葉は、恩師から受け継いだ心の言葉
阿部!!やれ!!
そんな言葉にいまも励まされている

読者へのメッセージ

人生には三度のチャンスがあるといいます

人生のふしめに　ここぞというふしめに
チャンスがあなたにもやってくる
その時、あなたは、そのチャンスを掬い上げる
ことができるか、そして、生かすことができるか
何もない所に何も生まれてこないけれど
あなたの日々の努力によって
チャンスは向こうからやってくる
幸運を摑むことに努力をしようではないか

チャンスをものにできる人とはどんな人か？

・いやなことを引き受けられる人
・いつも健康を大切にする人
・泣きごとをいわない人
・お金を大切にする人
・いつも笑顔をたやさない人
・食べることに感謝をする人
・どんな小さな生きものも大切にする人
・いつも勉強をおこたらない人
・家族を大切にする人
・なんでも一生懸命努力する人

人生は先に苦労した方が勝ち

苦労は若いうちにしとけという
若いころは、にがい思いや苦労は
いっぱいあるかもしれない
けれど他より先んじて苦労をしておけば
大人になってからの苦労など屁でもない
なぜならば子供のころに苦労という意味さえ
知らないうちにしておけば
成長すればするほどに苦労など
とるにたらないものなのです

あなたに言いたい

人生は、困難の連続かもしれない
けれど他人の(所為)にしてはいけない
他人の(所為)にするのは、いまだ自分が
幼い証拠だ
大志をたてる、それもいい
大義を重んじる、それもいい
けれど大切なことは、己自身の大きさを
知ることも大事なこと
夢を夢で終わらせない為にも努力を怠らず
前に進む勇気も、後退する勇気も
人には必要なのです
頑張れ、負けるな、挫けるな
かんたんに泣くんじゃない!!

鬼の声を聞け!

作・あべ童詩

C&R研究所

人生
上を
見たら
きりがない
下を見たら
きりがない

ど

人生は冒険だ…
ど

心はいつも
真赤に
燃やせ

人生を
あまく
みるな

人生も
勝ちとれ
ど

人生
泣き
笑い
ど

人生
七転
八起
ど

夢を抱く者
総て
青春で
ある

ありのままの人生でいい
素直な人生でいい

いつも幸福な
ところにいると
本当の幸福が
みえなくなる

幸福いっぱい
胸いっぱい

他人を制することより
自分を制する
ことのほうが
難しいのだ

ど

貧乏とは
お金が
ないことではない
心が貧しい
ことを言うのだ

日々の鍛錬勝るものなし

心は
いつも
平常心
ど

天下泰平
ど

男ならデッカイ夢を持て
ど

一番になれ
ど

男は度胸
ど

若いうちは
現状に満足
してはいけない
前進して
大きな岩を
打ち砕くのだ

心を鍛えよ
さすれば
強者が
誕生する

仕事も
遊びも
一生懸命
ど

ゴメンナサイ
とっても
勇気のいる言葉
ど

人生において失敗や挫折は
誰にでもあるものだ
だがそれを恐れず
邁進し追求しつづければ
それは失敗ではないのだ

暴力は
いけない
ど

仏の顔も三度じゃ!!
ど

心と鬼にして
ど

怒る
ときは
しっかり
怒れ

泣き虫は
食って
しまうぞ
ど

怒
ど

一度きめたて
自分の道泣き言
いってどうする

ど

負けるな
挫けるな
ガンバレ

頑張る
しかない
のだ!!

つまらん
ことで
クヨクヨ
するな

俺は強い
ど

今という
時間は
二度と
戻らない
それを
しっかりと
胸に刻んでおけ

今が、
決断の
時だ
ど

断固
絶つ
と

すみません
とゆう心
ごめん
なさいと
ゆう心
それは
とても
大事なこと
ど

オハヨウ
コンニチワ
挨拶は
とっても
大事
ど

我れ天を仰ぐ
ど

チョット
まて
幸福は
自分で
つかむもの
ど

一歩一歩
ゆっくりいこう

ど

運などあてにするな
ど

強さは
やさしさ
やさしさ
は強さ

強い男は
ハートが
熱い
ど

酒は
飲むもの
飲まれる
べからず
ど

ど

大きな
声で
笑って
ごらん
人生は
こんなに
楽しい

ど

人生
笑って
暮そうね
ど

生きる
原点は
笑いにあり
ど

三笑
ど

ガハハ
ハハハ

笑うは
天国
行き
と

苦しい時も
楽しい時も
みんな
一緒だから
家族なんだ
ど

女房の馬鹿笑い

母は偉大なり
ど

愛しきものよ
ど

我が子に
苦労という
現実を
教えろ

家族
ど

童す
遊
ど

楽しき仲間たちです
ど

我が友よ

仲良し三人組
ど

皆んな友達
ど

童心に
かえろう

花見で
いっぱい
ど

バンザイ
バンザイ
ど

我が心いつも童心

どんな
言葉
よりも
愛だよ

愛は
ひとつ
なのです

花に水を
総ては
ここから
はじ
まる

やさしく
やさしく

真心のない人に
愛を語る
資格はない

愛は不滅です

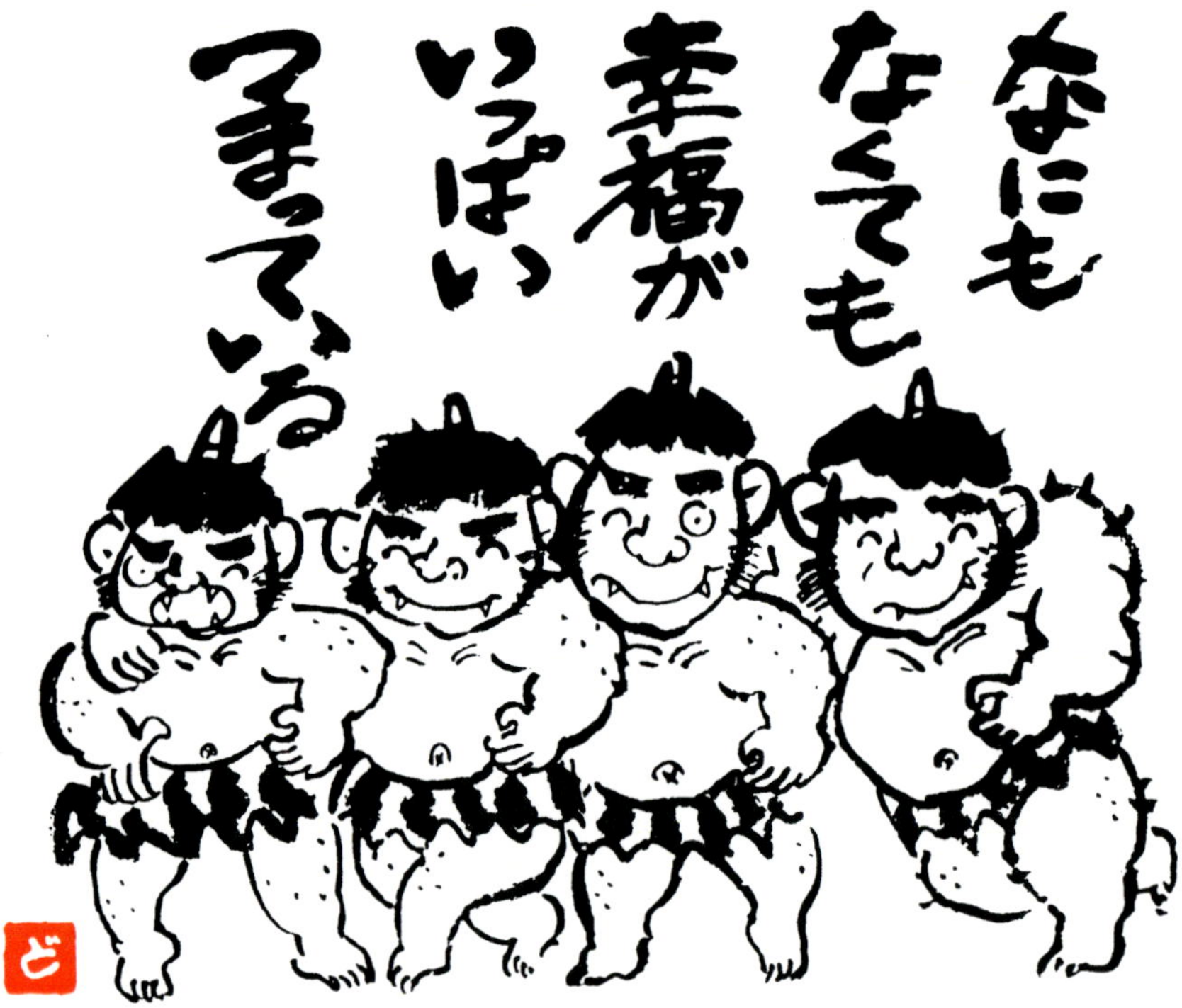
なにも
なくても
幸福が
いっぱい
つまっている
ど

いらっしゃい
ませ
心より
お待ち
しております

鬼福招来
ど

一刻の休息

この手いっぱいの
あまる程の
幸せよりも
ほどよい
幸せを
そんな幸せが
一番なんだな

どうぞ
私の
心を
ど

鬼だって泣くことだってあるのです
ど

星に
願いお
ど

飛翔

お山の大将
ど

いざ
出帆
ONI
ど

鬼の人生応援詩

人の限界を
どこまで出来るか
いつも挑戦するのだ

ど

鬼の人生応援詩

ど

人は生きていく為に
たくさんの経験を
しなければならない
その経験が多い程
より人生を謳歌した
ことになる

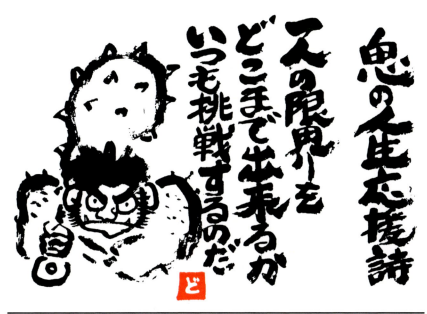

鬼の人生応援詩

人とはいつも何かを
求めているものだ
その求めがなんぞ
あれ行き着く
ところは皆
おなじだ

お前に

自分が思う程に人は一人では
ないのだ家族がいて友がいて
てそなによりも五体満足な
お前がそこにいるそれだけで
最高の幸福者だ
それでも寂しさや空しさを
感じるならお前はなんと
悲しい奴だ幸福は自分自身
で創るもの己の力を信じて
勇気をもって生きていこう

ゲンコツ

ど

優しさは時に暴力であったりする
あまりに我ままな我が子に
ゲンコツで殴らなければ
ならない時がある
それも優しさのひとつでもあるのだ
声高に怒鳴るのもいいだろう
怒る叱るこれも演技だ
子供達が怒られること叱られる
ことを待っているのだ
慰めでもなく抱きしめるでもなく
そんな時ゲンコツが必要なのだ

愛すること

愛することはいっぱいあるけれど
その時その時
愛することの違いがあるように
この愛もその愛も愛することは
皆同じ貴方を愛する愛から
幼子を見る慈しみの愛
親を見る恩恵の愛
今、生きていることの感謝
小さな生物達への愛する心
私達の前には言葉につくせない程の
愛がいっぱいあるのです。

ど

■著者紹介

あべ 童詩《どうし》　書作家・デザイナー、皮革工芸家。現在埼玉県坂戸市在住1941年生まれ。自分の人生経験を生かして日本人として忘れていた大切な心を、家長として親父として「鬼の化身」に変えて、人生の道しるべを絵書き続ける。

編集担当：西方洋一 / カバーデザイン：秋田勘助（オフィスエドモント）

鬼の声を聞け!

2016年1月8日　　初版発行

著　者　あべ童詩
発行者　池田武人
発行所　株式会社　シーアンドアール研究所
本　社　新潟県新潟市北区西名目所4083-6(〒950-3122)
電話　025-259-4293　FAX　025-258-2801

ISBN978-4-86354-776-6 C0090